Rene´ Jungnickel

Zum Rotlicht – Zur Einsicht

Eine Biografie

Die Deutsche Nationalbibliothek verzeichnet diese Publikation in der Deutschen Nationalbibliografie; detaillierte bibliografische Daten sind im Internet über http://dnb.d-nb.de abrufbar.

Herstellung und Verlag

Books on Demand GmbH
Norderstedt

ISBN-13:9783837073362

Man kann eine Erfahrung nur schlecht reden,
wenn man sie selber nie gemacht hat.

Die Handlung ist frei nach Tatsachen berichtet. Aus rechtlichen Gründen wurden Personennamen geändert. Sollte dennoch ein im Buch genannter Name mit einer Handlung übereinstimmen, wäre das zufällig.

12 Uhr

Kopfgeld

Auf mich sind Zehntausend ausgesetzt. Es sind keine Dollars, wie im amerikanischen Westen des vorigen Jahrhunderts. Es sind Deutsche Mark in Leipzig, 1998.

Seit gestern Abend halte ich mich versteckt. Der Stuttgarter lässt mich suchen. In der Rotlichtszene Leipzigs bin ich ihm zu gefährlich geworden. Nicht wegen der Anzahl der Appartements, wo die Frauen für mich arbeiten, sondern wegen meiner Anerkennung in der Szene. Ich habe mich geweigert, Drogen und den Straßenstrich mit osteuropäischen Frauen und Männern in das Geschäft zu nehmen. Wie ich wollen die meisten keinen Ärger mit den Behörden und schon gar nicht mit dem BKA. Trotzdem ist es dem Stuttgarter gelungen einige auf seine Seite zu ziehen, mit Geld, sehr viel Geld. Dass er mich beseitigen will, kann ich sogar nachvollziehen. Es geht um seine alleinige Macht. Er kann mich nicht, wie in der Politik, auf einen Abseitsposten schieben. Ich stehe ihm im Weg, bin ihm zu gefährlich. Er muss mich auch deshalb beseitigen, um den Anderen mitzuteilen, zu was er im Widerspruchsfall fähig ist.

Wie man mich töten werden wird, weiß ich nicht und noch weniger, wer es tun wird. Üblich sind Autounfälle mit Gaspulver. Das kleine Päckchen in Größe einer Streichholzschachtel wird unter den Fahrersitz gelegt. Bei Erwärmung vergast es und der Fahrer wird ohnmächtig. Die Polizei stellt dann nur fest, dass der betroffene Fahrer die Kontrolle über das Fahrzeug verloren hat. Wenn noch Alkohol im Blut gefunden wird, erübrigt sich die Frage nach dem Warum. Ich könnte auch einen Unfall zu Hause oder beim Sport haben. Als Waffenträger ist bei mir auch die Inszenierung eines

Selbstmordes mit der Pistole möglich. Bei „Szene-Unfällen" halten sich die polizeilichen Bemühungen zur Aufklärung ohnehin in Grenzen. Der Stuttgarter geht kein großes Risiko ein. Er muss mich nur finden.

Wie alles begann

Ich bin jetzt dort, wo ich vor drei Jahren in der Rotlicht-szene begann. Hier hatte ich für sie mein erstes Zimmer gemietet. Sie war eine Kubanerin. Ich lernte sie durch einen Bekannten, einem ehemaligen Fallschirmjäger der NVA kennen. Mit dem ältesten Gewerbe der Welt wollte er mit ihr Geld verdienen und suchte einen Kompagnon.

Mich musste er nicht lange überzeugen. Der Gedanke mit vielen Frauen zusammen zu sein, war sehr verlo-ckend. Wir sahen uns schon im offenen Cabrio vor den Exklusivbars vorfahren und dort mit braun gebrannten Typen, die schweren Goldketten um den Hals trugen, Drinks zu uns nehmen.

Später stellten wir fest, dass es das nur in Filmen gibt. Die wirklich einflussreichen Leute sehen aus wie Bank-angestellte oder langjährige Studenten. Teilweise haben sie auch „gutbürgerliche Berufe". Eins haben sie aber gemeinsam: Sie sind sportbegeistert. Aus diesem Grund trifft man sie weniger in fünf Sterne Hotels, sondern mehr in Fitnessstudios.

Wir mieteten zunächst eine Pension, wo die Kubanerin ihrer Arbeit nachgehen konnte.

Dann kam der zweite Schritt. Ohne Werbung kein Er-folg dachten wir und schalteten eine Anzeige in der Bild-Zeitung. Zwei Tage später war unsere Anzeige, inmitten der anderen in dieser Rubrik zu sehen. Wir ahnten nicht, dass hinter diesen Anzeigen immer dieselben Leute ste-hen und solche „Greenhörner", wie wir, sofort auffallen. So war es nicht verwunderlich, dass mich mein Kumpel, nachdem die Anzeige veröffentlicht war aufgeregt anrief. Er hatte einen Drohanruf erhalten. Ihm wurde mitgeteilt, dass er dieses Geschäft lassen soll, sonst passiert ihm und seinem Luder, wie man die Prostituierten nannte, ein Unglück. Diese Drohung musste sehr ernst gemeint gesagt worden sein, denn er schmiss sofort alles hin und fuhr zu seinen Eltern nach Dresden.

Bisher war ich gewohnt, den „Stier bei den Hörnern zu greifen", also tat ich es jetzt auch. Ich wählte die Nummer vom Drohanrufer und teilte ihm mit, dass ich beabsichtige, dieses Geschäft weiter zu führen. Genügend Kunden hätte ich, was damals gelogen war und fragte ihn, wo er da ein Problem sehen würde.

Ohne zu wissen, dass ich eine der lokalen Rotlichtgrößen am Telefon hatte musste ich den richtigen Tonfall getroffen haben, rau und direkt. Ich nutzte einfach die Vorzüge des Telefons, wo man sich nicht sah. Wir verabredeten uns für die folgende Woche in einem chinesischen Lokal in der Karl-Heine-Straße zum Essen.

Als ich ins Lokal kam, lächelte er. Vermutlich hatte er eine andere Erscheinung erwartet.

Er war ein sportlicher Typ und wirkte sofort sympathisch. Diesen Mann konnte man als Verkäufer in einem Konfektionsgeschäft der gehobenen Mittelklasse begegnen.

Ich erklärte ihm, wie ich mir meine Arbeit in der Szene vorstelle. „Ich will einfach, dass die Kubanerin in Ruhe in der Pension arbeitet und fertig."

Wieder lächelte er mich an und meinte, dass dies aber nicht so einfach funktionieren würde. Da gäbe es noch einige Punkte zu klären. Zum Beispiel Provision, bestimmte Gebiete, Schutzgebühren und so weiter. Dafür müsse ich jede Woche eine bestimmte Summe zahlen. Ich schluckte erstmal und war ganz ruhig. Er ahnte, dass ich eine Verhandlungspause brauche, und lud mich am Abend in sein Fitnessstudio am Waldplatz ein.

Nach diesem Gespräch war mir unwohl in der Magengegend, doch jetzt konnte ich nicht mehr zurück.

Ich ging in sein Studio, das prall gefüllt war mit Männern, die auf Sandsäcke einschlugen oder gegen etwas kickten. Dort stellte er mir seine Freunde vor. Weiter passierte nichts. Doch dieses „Nichts passieren", war ganz wichtig. Ich durfte erst einmal mit meiner Kubanerin in der Pension bleiben. Mir war bekannt, dass, wer nicht bleiben durfte, ein großes Problem bekam. Meistens wurde die Pension von „Vandalen" zerstört und das „Luder" von einem „Freier" arbeitsunfähig geprügelt.

„Bombe" und mein erster Sexshop

Im Fitnessstudio lernte ich auch einen Bodyguard kennen, der auf Arbeitssuche war.

Zu dieser Zeit besass ich einen Mobilfunkladen in Wurzen. Einbrüche und Überfälle auf Elektronikläden waren damals sehr häufig. Er bot sich an, für meine Sicherheit zu sorgen. Für ihn und mich war es günstig, dass er in Wurzen wohnte. Ich nannte ihn „Bombe", weil seine Treffer, die er nicht nur auf Sandsäcke landete, wie Bomben einschlugen. Ständig war er an meiner Seite und ich fühlte mich unantastbar. Durch ihn lernte ich auch viele Leute kennen und bekam damit auch die wichtigen Kontakte für meine Geschäfte. So kam ich auch ins Gespräch mit dem Inhaber eines kleinen Sexshops. Er war zur Wende fünfzig Jahre, also in einem Alter, wo man noch zu jung war, um sich in die Rente zu hangeln und zu alt, wie er meinte, um noch einmal „durchzustarten". Kurzentschlossen übernahm ich sein Geschäft im Osten von Leipzig.

Anfangs staunte ich über die Kunden. Es war vorwiegend ein Klientel, dass man auch auf den Golfplätzen finden konnte. Vor allem waren es Frauen, die sich mit teuren Beate Uhse Hilfsmitteln und erotischen Kleidungsstücken eindeckten. Ich glaubte ihnen nicht, dass diese nur für andere oder ihre Ehemänner gedacht waren. Die Männer waren da ehrlicher. Vielleicht auch nur, um ihre nachlassende Potenz zu kaschieren.

Der bisherige Inhaber, der jetzt in diesem Geschäft Verkäufer war, schien ganz glücklich zu sein, das er die Verantwortung los war und sein monatliches Gehalt bekam. Bald wußte ich auch, warum sich seine Kundschaft verringerte. Ihm unterliefen Fehler, die einen

Geschäftsmann ruinieren können. Das eine ist seriösität. Dazu gehört, dass pünktlich die Rechnungen bezahlt werden und das andere ist Diskretion. Gerade letzteres war nicht sein Ding. Er plauderte Geschäftsverbindungen und unsere Vorhaben aus. Hinzu kam, dass er meine Telefonnummern an ihm unbekannte Leute weiter gab.

„Bombe", der durch dieses Verhalten meine Sicherheit gefährdet sah, verpasste ihm daraufhin einen „Satz heißer Ohren".

Weinerlich rief er mich hinterher an und fragte, ob das nötig gewesen sei. Ich hatte allerdings kein schlechtes Gewissen. Mein Argument war, dass man sich an die Spielregeln halten muß. Ein raues Milieu verlangt rauhe Umgangsformen.

Im Geschäft

Mittlerweile hatte ich drei Pensionen für acht Frauen gemietet. Mit den Frauen gab es oft Krach, den ich schlichten musste. Neben dem allgemeinen „Zickenkrieg" stritten sie sich häufig um Stammkunden. Auch für mich war die Frage, was ist ein Stammkunde? Wenn er nach fünf Besuchen das Mädchen wechselt, kann es doch auch am männlichen Bedürfnis liegen? Dieses Argument wurde nicht akzeptiert. Mit der weiblichen Logik, die für Männer nicht immer nachvollziehbar ist, wurde der „Neuen", von der „Alten" Abwerbung vorgeworfen. Es gab aber auch Auseinandersetzungen, weil sie beim shoppen ihr Geld verprasst hatten und kein Geld mehr für die Mietzahlungen übrig war. Oft musste ich mir Ausreden anhören, wie mein Kind, mein Mann, meine Oma ... Doch darauf lies ich mich nie ein. Die 120 bis 180 Mark pro Tag waren fällig. Schließlich musste ich auch abrechnen. Für eine 2-3 Raumwohnung musste ich monatlich 1200 Mark Miete zahlen. Dazu kamen die Nebenkosten. Besonders die Telefonrechnungen stiegen manchmal in das Unermessliche. Meine wöchentliche Schutzgebühr von 600 Mark war pünktlich beim Wohnungschef, dem „Luderbudenchef" abzuliefern. Da gab es schon bei einer Stunde Zeitverzug mahnende Worte.

Für mich war das eine ganz normale Arbeit geworden. „Rotlicht" ist, so stellte ich fest, ein normaler Betrieb, der zu jeder größeren Stadt gehört. Alles ist strukturell, wie in einem Rathaus organisiert, nur übersichtlicher und verbindlicher.

Ich plante, mein Geschäft zu erweitern. Ohne Probleme schaltete ich weitere Anzeigen und mietete kleine

Wohnungen von einem Bayern, der ganze Straßenzüge besaß. Zusätzlich übernahm ich einen weiteren Sexshop der besonderen Art in der Gießerstraße, Leipzig – Großzschocher. Ich eröffnete ihn unter dem Namen „Store Noblesse". Damals wusste ich nicht, dass dieses Geschäft sehr verrufen war. Es wurde von der Stadt lediglich geduldet. Neben dem Laden mit den üblichen Sexartikeln gab es drei kleine Zimmer mit jeweils einem Bett, Fernseher, Massageunterlagen und kiloweise Kondome. Obwohl alles genehmigt war und die Mädels registriert waren, versuchte man mich immer wieder, wegen Förderung der Prostitution dranzukriegen. Ganz besonders eifrig war dabei ein Staatsanwalt, der später selbst in Prostitutionsaffären verwickelt wurde. Ich kann mir das nur damit erklären, dass seine Frau oder Freundin bei mir Kundin war.

Auch wenn es nicht sehr glaubwürdig in dieser Branche klingt, ich habe mich zwar in der rechtlichen Grauzone bewegt, aber diese nie überschritten. Dafür hatte ich viel zu viel Angst vor dem Knast. Meine Hauptarbeit war meistens verwaltungstechnischer Art. Ich kümmerte mich um die „Bockscheine", so hießen die vom Gesundheitsamt ausgestellten Pässe der Frauen, die sich aller zwei Wochen untersuchen lassen mussten.

Mir oblag der Warenkauf und die pünktliche Zahlung der Rechnungen.

Meiner Familie erzählte ich nichts davon. Sie wussten nur vom Mobilfunkladen und dem Sexshop. Das war auch zu ihrer Sicherheit, falls es doch mal Ärger mit den Behörden geben sollte. Ich fuhr auf Arbeit wie ein Prokurist. Allerdings einer, der sehr gut verdiente. Vorbei war der ständige Geldmangel. Vorbei war die Angst beim Briefkasten öffnen, wo Rechnungen geschickt wurden und ich nicht wusste, wie ich sie begleichen sollte. In den luxuriösen Bars und Lokalen brauchte ich die Speise- und Getränkekarten nicht mehr von rechts nach links lesen. Ich war umgeben von schönen Frauen und fuhr Autos der Oberklasse. Mit meinem ersten dunkelblauen Mercedes 420 SEL fuhr ich damals zuerst in den Leipziger Osten, wo ich bei meiner Oma aufwuchs.

Kindheit

Ein Jahr nach meiner Geburt hatten sich meine Eltern getrennt. Mein zwölf Monate jüngerer Bruder blieb bei meiner Mutter. Warum sie sich damals so entschied, weiß ich nicht. Ich vermute, dass sie sich damals mit zwei Kindern überfordert fühlte. Auch Oma Brigitte hat mit mir nie darüber gesprochen. Als Kind nimmt man vieles als gegeben hin und findet sich schneller mit Tatsachen ab.

Ich wuchs in der Wohnung über der bekanntesten Kneipe in der Köhlerstraße, dass „Ost-Café" auf. Es ist möglich, dass bereits hier meine Faszination für das Leben in und um Kneipen geprägt wurde. Auch familiär gab es zur Gastronomie viele Verbindungen. Schon meine Uroma Martha, sie kam aus Gliwice in Schlesien, war Kellnerin und auch meine Oma kellnerte sich durch die Leipziger Innenstadt. Sie war im Burgkeller, Auerbachs Keller, in der Broilerbar Hainstraße und im Café Petit bekannt. In besonderer Erinnerung ist mir ihre Arbeit in der Eisdiele. Wenn ich sie besuchte, bekam ich einen Eisbecher spendiert. Auch mein Onkel Hans Peter Kupfer war in der Branche. Er war Chef und Koch der Vogtländischen Hutzenstube in der Martinstraße. Ihm verdankte ich später, dass ich beim Altpapier und Gläser sammeln an den Pioniernachmittagen immer an erster Stelle in der Schulklasse stand.

Gegenüber unserer Wohnung war die 1978 gesprengte Markuskirche und der Kindergarten, in den ich mit drei Jahren kam. Daneben befand sich eine, für uns Kinder riesengroß erscheinende Friedhofsmauer. Über diese Mauer warfen wir oft Steine. Warum wir das taten, weiß ich nicht mehr. Ich weiß nur, dass dieser

Friedhof für uns etwas Unheimliches und Drohendes hatte. Dieses Gefühl wurde bestätigt, als eines Tages ein Stein zurückgeflogen kam. Er traf mich am Kopf. Die Kindergärtnerinnen, wie sie damals genannt wurden, schauten, nachdem sie mich notdürftig verbunden hatten, hinter die Mauer. Niemand war auf dem Friedhof. Diese Begebenheit wird wohl für mich immer ein Geheimnis bleiben. Das war der erste Unfall in meinem Leben. Es folgten noch viele andere in meiner Kindheit. Ich erinnere mich noch an die Klimmzüge am Fußballtor des Sportplatzes. Bei allen Kindern hatte es gehalten, bei mir fiel es um. Der Torbalken zerschmetterte mir das Schienbein. Ein halbes Jahr war ich mit dem Gipsbein unterwegs. Kaum war der Gips weg, stürzte ich mit dem Fahrrad. Das Schutzblech des Fahrrades verursachte eine Narbe an der rechten Schläfe. Als ich zwölf Jahre war, folgte ein weiterer Fahrradunfall. Dieser Sturz war wegen des abgebrochenen Vorderzahnes sehr schmerzhaft. Doch noch schmerzhafter war das Lachen der zuschauenden Mädchen, denen ich meine Fahrkünste zeigen wollte. Besonders war es das Lachen von Melanie, was mich ärgerte. Sie schien zu ahnen, dass ich sie mochte. Als sie mit ihren Eltern später nach Berlin zog, brach für mich die bekannte Seelenwelt zusammen. Damals ahnte ich nicht, dass sich unsere Wege, wenn auch nur für kurze Momente, immer wieder kreuzen würden.

In dem Alter, wo man als Junge auch auf Abenteuer aus ist, durchstöberten wir in Hinterhöfen Keller und Dachböden. In den nicht abgeschlossenen Parzellen, die meistens nur mit Schränken abgeteilt waren, fanden wir ausgelagerte Kleidungsstücke, Geschirr, alte Radios, Lampen, Bilder und Zeitungen. Als wir eines Tages hinter einem Dachbalken eine Pistole fanden, rannten wir wie die aufgescheuchten Hühner davon. Am nächsten Tag wollten wir uns die Pistole genauer anschauen. Mit klopfenden Herzen stiegen wir wieder die Holztreppen zum Boden hinauf. Doch die Pistole war nicht mehr hinter dem Dachbalken. Wir schauten überall nach, doch die Pistole blieb verschwunden. Mit diesem Erlebnis wagten wir uns nicht mehr auf die Dachböden und verlagerten unsere abendlichen Treffen auf den in der Nähe befindlichen Kinderspielplatz. Ich erinnere mich, dass die Spielplätze sich überall in Leipzig und damit in der DDR ähnelten. Fast auf den Zentimeter genau stand das Klettergerüst, die Betontischtennisplatte, der Sandkasten, die Schaukel, die Wippe und drei Sitzbänke auf zweihundert Quadratmeter beieinander.

Von damals habe ich auch Gerüche behalten, die nie wieder zu mir gedrungen sind. Da war der eigentümliche Schulgeruch nach Reinigungsmittel und Linoleum. Mittags mischte sich dieser mit dem Geruch von Grießbrei und heißer Vanillesoße. Ich erinnere mich auch an den Geruch von Westseife, die meine Oma zwischen die Wäsche legte. Einmal, Oma Brigitte hatte von irgendwoher fünf Westmark bekommen, war ich mit ihr im „Intershop". Niemals wieder habe ich diesen wunderbaren Geruch verspürt, obwohl wir jetzt alles „Intershop" haben.

Schulzeit und Sport

In der Schulzeit war Sport mein Lieblingsfach. Nach einem Leistungstest wurde ich zur Deutschen Hochschule für Körperkultur, der DHFK, delegiert. Darauf war ich sehr stolz. Ich gehörte damit zur Sportelite, in meinem Fall zu den besten Geräteturnern. Mein Stolz wurde allerdings stark abgebremst, besonders dann, wenn ich fünf mal in der Woche zur Jahnallee fahren musste, während die anderen Jungs baden gingen oder sonst irgendwo herumstreunernden.

Unvergesslich blieb mir die Teilnahme am Sportfest 1977 im Leipziger Zentralstadion. Als Zehnjähriger durfte ich vor tausenden Menschen turnen. Alle im Stadion und die anderen 1000 Sportler in meinem Alter, blickten auf mich. In diesen Minuten war der vorherige Drill an der Ostsee, in Rerik, vergessen. Später, als meine Leistungen nicht mehr den Anforderungen entsprachen, wurde ich Steuermann in Achter-Rennbooten. Mit meinen damals 1,35 Meter durfte ich den über 1,80 Meter großen Jugendlichen lauthals Kommandos geben.

Was mich heute noch an die Sportlerkarriere erinnert, ist das Buch „Gymnastik für die Schule". Hierfür war ich als Achtjähriger in der Standwaage fotografiert worden.

Leipzig Grünau

Aus heutiger Zeit werden DDR-Neubaugebiete oft abfällig mit „Platte" abgetan. Für mich gehört die Zeit in Grünau zu den Schönsten. Die Nachbarn kannten sich untereinander. Wenn man sich traf, schwatzte man, wie die Sachsen sagen, miteinander. Unter mir wohnte eine junge Familie, für die ich wenn sie verreisten, die Wohnungsschlüssel hatte und die Post aus ihrem Briefkasten nahm. Umgekehrt hatten sie meinen Wohnungsschlüssel, was sich oft für sie als Rettung erwies, zum Beispiel, wenn Milch, Zucker, Brot oder andere Lebensmittel ausgegangen waren. Sie gingen dann in meinen Kühlschrank. Ich profitierte davon, weil spätestens am nächsten Tag sich die doppelte Menge vom ausgeliehenen im Kühlschrank befand.

Eines Tages wäre es mit ihrer dreijährigen Tochter fast zur Katastrophe gekommen. Während wir im Wohnzimmer saßen, hopste sie durch die Wohnung und zum Balkon. Dort, in der 11. Etage, stieg sie auf einen Stuhl und lehnte sich über die Brüstung. Wir erstarrten für den Bruchteil einer Sekunde. Dann näherte sich die Mutter mit einer Schnelligkeit, die ich bei ihr noch nie gesehen hatte dem Balkon und bekam ihre Tochter noch am Fuß zu fassen. Gemeinsam zogen wir sie wieder zurück.

Wo viele Menschen zusammen sind, kann auch viel passieren. Das erste mal in meinem Leben kam ich dort mit einem Wohnungsbrand in Berührung. Ich kam spät abends nach Hause. Als ich aus dem Fahrstuhl stieg, sah ich Rauch auf dem Flur. Mein erster Gedanke war, dass der Rauch aus meiner Wohnung dringt. Erleichtert stellte ich fest, dass dort alles in Ordnung war. Ich rannte den langen Flur entlang, um zu sehen, wo der Rauch herkam. Dann, am Flurende, entdeckte ich die Wohnung, wo stechender Rauch aus den Türritzen quoll. Ich hämmerte an alle Türen und schrie „Feuer!" Dann ging alles sehr schnell. Irgendjemand hatte die Feuerwehr alarmiert. Die Feuerwehrleute holten eine völlig verängstigte Rentnerin vom Balkon, wohin sie geflüchtet war. Die Ursache vom Feuer war in der Wohnung unter ihr. Kinder hatten, als die Eltern nicht zu Hause waren, mit Streichhölzern gespielt und so die Wohnung in Brand gesetzt. Das ganze Ausmaß des Brandes war erst am nächsten Tag zu sehen. Dort, wo in der Nacht Feuerwehrleute mit Atemschutzgeräten löschten, war alles voller Ruß und Reste vom Löschwasser. Es roch nach verbranntem Kunststoff und Fleisch. Die Kinder, so sagten die Nachbarn, wären fast verkohlte Leichen gewesen.

Ich erinnere mich auch noch an die Nebenverdienste in dieser Zeit. Weil es kaum Taxis in Leipzig gab, waren die „Schwarztaxen" sehr beliebt. Besonders viele gab es zur Messezeit. Da konnte man, wenn man Glück hatte, einen ausländischen Messegast erwischen und damit Westgeld bekommen. In kürzester Zeit war ich Profi im Taxi-Geschäft. Es war ein offenes Geheimnis, dass nach Mitternacht die „Schwarztaxen" an Diskotheken und anderen Lokalen warteten. Ich fand immer Fahrgäste an der „Roten Diskothek", Industriestraße. Ansonsten musste ich nur auf die Leute achten, die ihre Hand hoben, was für mich das Haltezeichen war. Mitunter war mein damaliger Trabant überladen. Überladen hieß, dass sich fünf Fahrgäste in den Trabant gequetscht hatten. Bei den damaligen Straßenverhältnissen, wo oft die Achsen geräuschvoll in den Schlaglöschern knirschten, konnte schon mal ein Sitz aus der Verankerung reißen. Meistens verursachte das eine Beule am Kopf. Pro Fahrt erhielt ich fünf bis zehn Mark. Das heißt, in einer Nacht konnte ich sechsig bis achtzig Mark verdienen. Das war sehr lukrativ, wenn man bedenkt, dass damals ein Facharbeiter durchschnittlich 500 Mark verdiente.

Ich bin Zimmermann – Wer ist mehr?

Diese Frage stand auf einem riesigen Plakat, wo auch ein vor Kraft strotzender Mann mit Zimmermannskleidung abgebildet war. Es war die Zeit, wo Bauarbeiter gesucht wurden, um die Hauptstadt der DDR attraktiver zu gestalten. So eine Zimmermannsuniform wollte ich auch haben. Doch bevor ich diese bekam, musste ich Türen und Fenster in den Wohnkomplexen Leipzigs einsetzen. 1987 wurde ich nach Berlin delegiert. Ob es wirklich eine Auszeichnung war, wie mir gesagt wurde, weiß ich nicht. Es kann auch möglich sein, dass es eine Auflage an die SED-Parteileitung des Betriebes gab und ich der Einzige war, der sich dazu bereit erklärte.

Montag früh fuhr der Zug in Leipzig los, mittags kam ich in Berlin an und 15 Uhr war ich auf der Baustelle. Dort habe ich zum ersten mal in meinem Leben einen Menschen tödlich verunglücken sehen. Eine dreimal sechs Meter große Betonplatte war nicht richtig verankert, geriet außer Kontrolle und erschlug einen Arbeiter.

Bis Freitag Mittag, wo ich wieder in den Zug nach Leipzig stieg, war ich in einem Bauarbeiterhotel untergebracht. Die Direktorin, eine resolute Fünfzigerin, schien kleine Männer zu lieben. Sie verwickelte mich abends, wenn die anderen in die Kneipe gingen, in allerlei Gespräche. Sie verwöhnte mich auch mit raren DDR-Artikeln, die es nur in Berlin gab. Sei es von Thüringer Wurst, H-Milch bis zur Auspuffanlage die ich gegen Scheiben für meinen Trabant eintauschen konnte. Meine Leipziger Verwand- und Bekanntschaft versorgte ich mit Nudossi und manchmal auch mit Apfelsinen und Bananen, die es sonst nur zu Weihnachten in

der restlichen DDR gab.

Monika, die Hotelchefin, konnte nicht begreifen, dass ich nicht begriff, was sie von mir wollte. Sie hoffte, dass ich der damals Neunzehnjährige, es noch begreifen würde und stellte mich als Hausmeister ein. Das war dringend notwendig geworden, als auch polnische Bauarbeiter mit im Hotel waren. Wenn sie mit ihren Transportern nach Hause fuhren, fehlten meistens die Waschbecken und Wasserhähne. Als Hausmeister durfte ich ihre Zimmer nicht betreten, aber als Helfer der Deutschen Volkspolizei. Also wurde ich Helfer der Deutschen Volkspolizei.

14 Uhr

Warten auf den Anruf
Micha, der „Bär"

Meine Nerven liegen blank. Hier in meinem zuerst ge-
mieteten Zimmer für die Kubanerin warte ich auf den

Anruf von Micha, meinen Bodyguard. Er ist der Nachfolger von „Bombe".„Bombe" hatte eine Frau kennengelernt, die er heiraten wollte oder sie ihn. Und wie das dann so ist, ändert sich da einiges. Vor zwei Monaten offenbarte er mir, dass er in den Baubetrieb seines zukünftigen Schwiegervaters arbeiten werde. Dagegen konnte ich nicht argumentieren, wollte ich auch nicht. Es war schwer einen gleichwertigen Ersatz für ihn zu finden.

Die meisten Dinge des Lebens entstehen durch Zufall. So war es auch mit der Suche nach meinem persönlichen Sicherheitsmann. Es war vor vier Wochen, da begegnete ich Micha in der Mädlerpassage. Ich weiß nicht mehr wer wem zuerst gesehen hatte. Nach neun war die Freude natürlich groß. Und als er mir sagte, dass er Bodyguard ist, war die Freude natürlich noch größer. Noch am gleichen Tag begann er bei mir.

Micha wurde auch der Bär genannt, weil er mit seinen 1,90 Meter, etwas tapsig und trotzdem schnell und gefährlich für Angreifer werden konnte. Vorige Woche erfuhr ich von ihm, dass der Stuttgarter auch Leipzigs Straßenstrich und die osteuropäischen Drogendealer übernehmen will. „Ich habe gehört,", vertraute mir Micha an, „dass er im Westen eine große Nummer sein soll und hier gute Kontakte zur Landesregierung hat. Das große Geld hat er als Automatenaufsteller nach der Wende hier gemacht. Er hat ein 24-Stunden-Lokal in

Dölzig und fährt einen Ferrari und SL 500 Cabrio."

Mein Handy klingelt. Ich atme auf. Michas erste Worte waren: „Du kannst nicht mehr in deiner Pension bleiben du musst erstmal untertauchen, bis ich alles geklärt habe."

„Hast du eine Idee?"

„Noch nicht. Ich lasse mir was einfallen. Jedenfalls nicht mehr zu deinem Auto gehen. Es wird überwacht. Geh ins Zentrum, wo viele Leute sind!"

Mit: „Ich rufe an, sobald ich einen sicheren Ort für dich gefunden habe", legte er auf.

Er hatte schnell gesprochen. Alle seine telefonischen Informationen dauerten nie länger als eine Minute. Es war eine Vorsichtsmaßnahme, falls man ihn orten wollte. Wo er das alles lernte, hat er mir nie gesagt.

Zum ersten mal begegneten uns 1989 in Leipzig, an einem Montag im August. Es war noch am Anfang der Montagsdemonstrationen. Ich hatte, wie die viele anderen Demonstranten an diesem Abend Angst. Nie wieder habe ich tausende Menschen gesehen, die so eng beieinander an schwer bewaffnete Polizisten vorbei liefen und sich mit Sprechchören Mut machten. Als die Polizisten die Maschinenpistolen auf uns richteten und die Wasserwerfer in Stellung brachten, wurde mir schlecht. Ich strauchelte und stürzte. Der neben mir Laufende zog mich hoch. Taumelnd lief ich weiter. Zum Bewusstsein kam ich erst wieder, als ich an der Polizei und den Wasserwerfern vorbei war und nur noch die Stasileute in den Seitenstraßen zu sehen waren.

Es war Micha, der mich bei der Demonstration hochgezogen hatte und mich fragte: „Ist dir jetzt besser?"

35

Ich nickte nur und wir setzten uns an die Kante eines mit Spanplatten geschützten Schaufensters. Er holte aus seinem Rucksack zwei Flaschen Bier. Ich wusste nicht, welche Biersorte es war, aber es war für mich damals, dass am besten schmeckende Bier auf der ganzen Welt.

Mit Micha in den Westen

Micha wollte in den Westen. Sein Ausreiseantrag wurde zum zweiten Mal abgelehnt. „Irgendwann werden sie schießen und alle verhaften", sagte er damals im August zu mir. Sein Plan war, über das Moor an der tschechischen Grenze nach Österreich zu flüchten.

Mir erschien das alles sehr abenteuerlich, dennoch wollte ich mit. Meine Gründe waren nicht wirtschaftlicher Art. Es ging mir gut. Dank meines Vaters und seinen Beziehungen zum Wohnungsbaukombinat hatte ich schon mit 19 eine kleine, modern eingerichtete Neubauwohnung in Grünau und ein Auto. Mich störte an der DDR, dass ich nicht reisen durfte, wohin ich wollte.

Mir war einfach die DDR zu eng, ich fühlte mich eingesperrt. Ich wollte Reisen, die größten Städte sehen, die höchsten Gebirge und alle Weltmeere.

Wir besorgten uns Reiseutensilien, wie Regenjacke, Gummistiefel, Taschenlampe und Karten von der Tschechoslowakei. Unser Vorhaben wurde jedoch gestoppt. Ein Schulfreund Michas war an dort, wo wir über die Grenze wollten, verhaftet worden. Er soll dafür zwei Jahre im berüchtigten „Gelben Elend", dem Gefängnis für politische Gefangene, in Bautzen bekommen haben. Doch eine Woche später erfuhr Micha von diesem Schulfreund, dass dort niemand mehr an der Grenze nach Österreich verhaftet wird.

Niemand wusste damals, wie lange die Grenze geöffnet sein würde. Ich erinnere mich an die Fernsehbilder vom Besuch einer DDR-Regierungsdelegation in Peking. Wenige Tage zuvor war der Platz des Himmlischen Friedens „von konterrevolutionären Elementen gesäubert worden". Mein Entschluss, aus der

DDR zu fliehen stand fest. Doch dieser Entschluss kam ins Wanken. Am Abreisetag stand plötzlich Melanie vor mir. Sie, meine Jugendliebe. Melanie kam auf mich zu. Es war mir ein Rätsel, wodurch sie mich erkannte. Ich erkannte sie erst, als sie zu mir sagte: „Rene´, ich bin die Melanie." Nach fünfzehn Jahren hatte sie einige Gesichtszüge beibehalten, wie die etwas zu schmale Nase, die immer zum Lachen neigenden Mundwinkel und vor allem ihre braunen Augen, die mich damals an Comics von Rehen erinnerten. Ihre rötlichen Haare waren wie damals am Hinterkopf zusammengebunden. Sie war nur etwas größer als ich, was auf unser Schuhwerk zurückzuführen war. Sie trug Sandalen und ich Absatzschuhe.

Melanie wollte in Leipzig Jura studieren und suchte ein Zimmer. Vielleicht wäre ich in der DDR geblieben, wenn ich nicht ihren Verlobungsring gesehen hätte. Kurz entschlossen gab ich ihr meine Wohnungsschlüssel und schenkte ihr alles, was in der Wohnung war.

Wir verbrachten zusammen die letzte Nacht in meiner Wohnung, die gleichzeitig ihre erste Nacht in ihrer Wohnung war.

Ich erinnere mich, dass ich noch lange Zeit danach den Druck ihres Verlobungsringes auf meinem Rücken spürte.

Als ich ihr am nächsten Morgen „Auf Wiedersehen" sagte, glaubte ich nicht daran.

Im Zug nach Prag erzählte ich Micha nichts davon. Es hätte ihn ohnehin nicht interessiert. Ich vermutete, dass er sexuell ein Neutrum ist.

Michas Plan sah vor, dass wir über den Grenzübergang Waidhaus nach Passau gelangen, wo das

Auffanglager war. Doch wir mussten erst einmal in die damalige CSSR.

Bei der Grenzkontrolle wurde mir mulmig, als der DDR-Grenzer fragte, wohin ich wolle. „Nach Prag", antwortete ich. „Haben sie eine Rückfahrkarte?"

„Ja." antwortete ich und tat so, als wolle ich sie ihm geben.

Er sagte: „Gute Weiterfahrt", und ging weiter. Ich weiß nicht, was er getan hätte, wenn ich keine Rückfahrkarte gehabt hätte. Vermutlich wussten die Grenzer sehr genau, was wir planten. Auch die tschechischen Taxifahrer wussten es. Wir brauchten nicht lange zu suchen. Der Taxifahrer verlangte 600 DM für 150 Kilometer nach Waidhaus. Wir fanden auch schnell noch ein Pärchen aus Rostock, sodass wir die Kosten durch vier teilen konnten. Als wir in fünfhundert Meter die Fahne der Bundesrepublik Deutschland sehen konnten, stiegen wir aus. Immer schneller werdend liefen wir zum Grenzübergang. Erst als wir bei den bundesdeutschen Grenzern waren, fühlten wir uns sicher und frei.

Im Auffanglager Passau, wo sich bereits tausende, vorwiegend jugendliche DDR Bürger befanden, trennten sich unsere Wege. Micha hat mir nach unserer Wiederbegegnung in der Mädlerpassage nicht gesagt, was er in den vergangenen neun Jahren getan oder erlebt hat.

18 Uhr

Warten in der Stadt

Seit vier Stunden gehe ich durch die Einkaufspassagen und Kaufhäuser Leipzigs. Als scheinbar Wartender war ich schon auf Bahnsteigen des Hauptbahnhofes. Kreuz und quer laufe ich vom Sachsenplatz zum Petershof, vom Opernhaus zur Thomaskirche. Ich fühle mich als Obdachloser, was ich ja jetzt auch bin.

Mehrfach habe ich das Handy überprüft. Micha hat betont, dass er anrufen wird. In Gefahrensituationen ist er, der Bodyguard, der Chef. Ich muss warten, bis er anruft.

Immer wieder hoffe ich, dass alles nur ein Mißverständnis oder eine Verwechslung ist, nur ein „Sturm im Wasserglas". Doch immer wieder wird mir der Ernst meiner Situation bewusst.

Meine ersten Wochen in der
Deutschen Bundesrepublik

Oft beschäftigt mich der Gedanke, ob das Leben von einem Gott, wer immer es auch sein mag, gesteuert wird. Möglicherweise ist man selbst Schuld und hat die „Jacke von Anfang an verkehrt geknöpft."

Vielleicht begann es damit nach meiner Flucht in den Westen. Dabei hatte es anfangs so gut ausgesehen. Ich erinnere mich an die Euphorie, als wir bei Waidhaus in die Busse stiegen, die uns in das Auffanglager nach Passau brachten. Trotz dieser Enge, die etwa dreitausend Menschen verursachten, kam mir dieser dreiwöchige Aufenthalt wie ein Ferienlager vor. Dann zum ersten mal Westgeld bekommen, das Begrüßungsgeld 200 DM. Dann die Geschäfte im Westen. Ich fragte noch in den ersten Wochen die Verkäuferinnen: „Haben Sie?"
Was mir sofort auffiel, war auch der unterschiedliche Sprachgebrauch. Wenn ich nach Arbeit fragte, sprach man im Westen von Job. Der Sozialismus hatte mir eingetrichtert, dass die Arbeit im Mittelpunkt des Menschen steht und ihn formt. Mit Job wurde das zur Nebensache degradiert. Job war jetzt und hier nur Mittel zum Zweck, eine Sache für die man Geld bekommt, um dieses nach seinen Wünschen auszugeben.

Durch Zufall erfuhr ich von einer Bekannten, die vor mir in Passau war und jetzt in Münster lebte. Ich rief sie an und sie sagte mir, dass sie bei ihr Handwerker suchen.

Ich bekam ein kostenloses Zugticket, 1. Klasse nach Münster. Fasziniert sah ich auf die scheinbar vorbeifliegenden Städte. Ich entsinne mich noch an die Sauberkeit im Zug und das unbekannte weiße Plastegeschirr, was ich einsteckte. Da ich der einzige Ossi im Abteil war, lächelten mich die Mitreisenden mitleidig an.

Es war schon dunkel, als ich in Münster ankam. Müde und hungrig kam ich bei meiner Bekannten an. Auch ihr Freund begrüßte mich, was meine Vorfreude gewaltig dämpfte. Als ihr Freund erfuhr, dass ich gelernter Zimmermann bin, vermittelte er mich schon am nächsten Tag zu einer Fensterfirma in Südlohn an der holländischen Grenze. Ich vermute mal, dass er mich schnell weghaben wollte.

Der Chef dieser Fensterfirma, der das Geschäft von seinem Vater übernommen hatte, war von meiner fachgerechten Arbeit begeistert, auch davon dass ich dafür nur den halben Lohn eines Wessis nahm.

Mein Arbeitstag begann morgens um sechs und endete gegen 17 Uhr. Oft war ich auf Montage und kam viel herum. Meistens war ich in Bocholt, Duisburg und Düsseldorf. Vor allem in Altbauten des Ruhrgebietes wechselten wir die Fenster. Mein sächsischer Dialekt lies sich nicht verbergen, sodass ich oft über das Leben in der DDR regelrecht ausgefragt wurde. Ich war erstaunt, wie wenig man über uns in der DDR wusste und dieses war oft noch falsch. Das ist kein Vorwurf, umgekehrt hatte ich auch ein falsches Bild vom

„Goldenen Westen". In der DDR war man als Handwerker gefragt. Hier nicht. Hier war der Kunde wirklich König, bzw. Königin, wie eine ältere Dame in einer Nobelgegend von Düsseldorf. Sie war ständig darauf bedacht dass wir keinen Schmutz machten und unsere Schuhe immer sauber waren. Fast immer mussten wir mit den 50 Kilo schweren Fenstern auf der Schulter warten, bis sie Tücher vom Flur bis zu den Fenstern, neu ausgelegt hatte. Doch dass war die Ausnahme. Durch meine Frau Christina kam ich mit Produkten von LR-Cosmetic in Berührung. Ich glaube, dass nach der Wende jeder zweite Ossi dachte dadurch Millionär zu werden. Ich wurde kein Millionär, verdiente trotzdem ganz gut durch diesen Verkauf. Ich entdeckte, dass wer von seinem Produkt überzeugt ist, fast alles verkaufen kann. Sicherlich ist es auch nicht üblich, dass ein Mann Kosmetik verkauft. Diese Tatsache erhöhte nicht unwesentlich meinen Umsatz und in relativ kurzer Zeit hatte ich einen kleinen Strukturvertrieb aufgebaut. Mein Renner waren „Schnupperpartys", wo man von der grauen Maus zum schönen Schwan mutieren konnte.

Wieder in meinem Element

Ich glaube, ich würde heute noch LR-Cosmetic Produkte verkaufen, wenn es kein Fest einer Fast-Food-Kette in Stadtlohn gegeben hätte. Auf einer Marktplatzbühne stand ein südländisch aussehender Mann und sang voller Inbrunst deutsche Schlager im Halb-Playback. Nach seinem Abgesang „Zucker im Kaffee" ging ich zu ihm. In meiner direkten Art sagte ich: „Sie können noch so gut singen, wenn die Musik schlecht abgemischt ist, werden sie immer nur Mittelmaß bleiben."

Das musste noch niemand zu ihm gesagt haben. Er, der etwa Gleichaltrige war regelrecht geschockt. Ich konnte das sagen. Schließlich war ich in Leipzig jahrelang DJ gewesen. In meiner Schule, der 10. POS gegenüber dem „Regina-Kino" gründete ich meine erste eigene Diskothek. Ich suchte Gleichgesinnte, die mit mir Boxen bauten und flackernde Lichterketten montierten. In mühevoller Kleinarbeit schnitten wir aus einem Spiegel kleine Quadrate. Diese zwei mal zwei Zentimeter Stücken klebten wir auf einen Ball, zu einer rotierenden Spiegelkugel. Besonders stolz waren wir auf unsere Lichtschläuche, die wir aus Melkschläuchen mit eingelöteten Dioden geschaffen hatten. In der DDR glich das Beschaffen von Musik einem Abenteuer. Die neuesten Westtitel besorgte ich mir von NDR 2. Abenteuerlich waren auch die Aufnahmen mit meinem Gerät und Tonbandspulen aus der CSSR. Das Umspielen auf Tonbandkassetten kostete mich damals vielen nächtlichen Schlaf. Doch meine fast immer ausverkauften Veranstaltungen belohnten diese Mühe. Als ich dann noch 1984 Break Dance in meine Diskothek aufnahm, wurde ich die Nummer 1 in Leipzig. Die von mir gegründete Breakdance-Gruppe war die Grünauer UBC, die United Break Crew. Kurioserweise wurde sie bis zum Ende der DDR als „Volkskunstkollektiv" geführt.

Mit dieser Musikerfahrung leistete ich mir einfach die Arroganz, dass ich mit der Technik des Sängers besser umgehen kann als die anderen. Er nahm mich beim Wort und wurde nicht enttäuscht.

Nach einigen Wochen bekam ich ein Angebot von Joe Moreno, den bekannten Rundfunkmoderator vom Südwestfunk. Ich sollte mit ihm moderieren. Darüber nachzudenken brauchte ich nicht. Durch ihn lernte ich 1992 viele Künstler kennen, u. a. Eric Sylvester, Ellen Grey und Chris Bennett.

Nach etwa einem Jahr fragte mich Chris Bennett, ob ich ihn managen wollte. Diese Riesenchance konnte ich nur wahrnehmen, wenn ich meinen Job als Fenstermonteur aufgab. Ich kündigte, obwohl mich mein Chef jetzt „richtig" bezahlen wollte.

Nun arbeitete ich als selbstständiger Manager mit meiner Frau Christina. Sie vereinbarte Termine und kümmerte sich um Sekretariats-und Verwaltungssachen. Dabei stand das Babybett immer neben dem Schreibtisch.

Ich war vor Ort, bei den Künstlern. Meine Hauptarbeit begann abends. Ich „verkaufte" die Künstler an Diskotheken und organisierte Auftritte für sie. Meine Verhandlungen vor Ort, wie Tarm Center in Bochum oder Discothek Mississippi Essen waren nicht einfach. Ich hatte das Auftreten in dieser Branche noch nicht drauf. Meine „große Klappe" brachte mich nicht in jedem Fall weiter, im Gegenteil, weil dadurch jeder merkte, dass ich ein Ossi bin. Ich schaffte mir Anerkennung durch Zuverlässigkeit und Umsicht. Das heißt, ich dachte komplex und war gedanklich immer einen Schritt voraus. Deutlich wurde es den Veranstaltern, als ich eine Bones-Party moderierte. Das Zelt war mit etwa 5000 Leuten prall gefüllt. Draußen standen hunderte Harleys. Filmen war streng verboten. Das hing damit zusammen, dass bei dieser Party, wie in den USA, alles verhandelt wird, mit dem sich Geld verdienen lässt. Dazu gehören auch Waffen, Drogen und Prostitution. Während ich auf der Bühne stand, filmte ein bulliger, zwei mal zwei Meter Mann, die Veranstaltung. Ich sah zu ihm hoch und sagte: „Pass auf, es ist mir egal, wie groß du bist, hier gibt's Regeln, an die du dich zu halten hast. Hier ist filmen verboten! Wenn du dich nicht daran hältst, lasse ich dich direkt von der Bühne heben."

Alle um mich herum grinsten. Ich hatte das einem der Bones-Bosse gesagt. Von da an betraute man mich mit Großveranstaltungen und Stadtfeste.

Das Ultimatum

Mein Erfolg hatte auch einen Preis, den meiner Familie. Meine Frau, die mich nur noch einige Stunden in der Woche sah, stellte mir ein Ultimatum: „Entweder du hörst damit auf oder ..." Ich hörte damit auf.

Zur damaligen Zeit suchten fast alle Versicherungen Mitarbeiter. Ich bewarb mich bei der Allianz. Für mich und meiner kleinen Familie begann ein ruhigeres Leben, mit festem monatlichen Gehalt plus Provision.

Dazu eine komfortable Ausbildung zum Versicherungs-fachmann. Doch eines Tages lies ich mich von einem Kumpel überreden, bei der Iduna in Mannheim zu arbei-ten. Es sei dort viel besser mit festem Kundenstamm und höherem Fixum. Das stimmte, aber nur in den ersten drei Monaten. Dann sollte ich dieses Fixum zurückzahlen, weil ich die Erwartungen, einem Punkteprogramm, nicht erfüllte.

Damit begann wieder mein Wanderleben, zuerst als Verkaufsfahrer für eine holländische Firma. Ich belieferte arabische und türkische Imbisse mit Hühnerfleisch, die in irgendwelchen Kühlhallen, die nicht immer kühl waren, lagerten. Zu meinen Erinnerungen an diese Zeit gehören das Teetrinken mit arabischen Geschäftsleuten, dass handeln mit ihnen und die Barauszahlungen, die aus Kofferräumen der schweren Limousinen erfolgten.

Manchmal sah so ein Kofferraum aus, wie der Tresor in einer Bank, wo die gebündelten Geldpakete liegen.

21 Uhr

Flucht aus Leipzig

Das Handy klingelte. Endlich, ich atmete auf.

„Sie suchen dich nur in Leipzig. In Wurzen bist du sicher. Fahre mit dem Zug. Keine Taxis nehmen, die Fahrer haben deine Beschreibung." Micha hatte das Gespräch beendet, damit ich keine Frage stellen konnte. Ich hatte auch nicht seine Telefonnummer. Das war so vereinbart.

Mein Mobilfunkladen in Wurzen

In Wurzen besaß ich immer noch meinen Mobilfunkladen in der Karl-Marx-Straße. Er war das „Aushängeschild" für meinen Gewerbeschein. Ich hatte den runtergewirtschafteten Laden 1996 übernommen. Es war die Zeit, wo fast jeder ein Handy haben wollte. Durch meine vielen Kontakte hatte ich einen sehr hohen Umsatz. Ich war damals, so glaube ich, dass „beste Pferd im Stall" von Karasch. Da auch viele Polizisten bei mir Handyverträge abschlossen und auch manchmal nur zu einem Schwatz vorbei kamen, ergab es sich, dass ich Mitglied im Wurzener Polizeischützenverein wurde. Natürlich brodelte auch in der Kleinstadt die Gerüchteküche, als ruchbar wurde, dass ich auch im Rotlichtmilieu engagiert bin. Mein freundschaftlicher Kontakt zur Polizei, deren Streifenwagen öfters vor meinem Geschäft zu sehen waren, ließen bei vielen Einwohnern der Kleinstadt den Verdacht hegen, dass ich für die Mafia arbeite.

Mit der Mitgliedschaft im Schützenverein erwarb ich den Waffenschein und war damit offiziell Waffenträger. Natürlich nur für den Transport vom Heim zum Schießplatz. In meinem Fall war das Gesetz, zwischen Wurzen und Leipzig oder umgekehrt, auf meiner Seite.

Meine erste Waffe war eine Automatik Smith & Wesson, Neumillimeter Para. Es folgten eine 44er Magnum, ein Trommelrevolver und eine Pumpgun Winchester 12/76 Selbstladeflinte. Diese Waffen gaben mir damals das Gefühl von Unsterblichkeit. Es gab auch Zeiten in Leipzig und Wurzen, da war ich froh, dass ich eine Pistole, die immer in einer Plastiktüte unterm Fahrersitz lag, bei mir hatte. Ich habe sie jedoch nur einmal durchgezogen und auf einen gerichtet. Dieser eine war ein Rechtsradikaler. Mit seinen beiden Kumpels glaubte er, dass ich in Wurzen ein Bordell eröffnen wollte. Die selbst ernannten „Ordnungshüter" wollten mich „einbeulen". Beide blickten nicht lange auf die Mündung meiner Magnum und verzogen sich. Da auch ihr Chef, der einen großen Pick-up im Army-Look fuhr, mehrere Handyverträge bei mir hatte, erzählte ich ihm davon. Er entschuldigte sich für seine Leute und sprach von einem Versehen. Von da an hatte ich vor ihnen Ruhe.

Mit diesem Geschäft verband sich auch ein Erlebnis mit Melanie. Es war vor Weihnachten 1996. Karsten, er führte für mich das Geschäft, wenn ich nicht da war, hatte die Aufgabe aus Sicherheitsgründen die teuren Handys am Abend mit nach Hause zu nehmen. Am nächsten Tag erzählte er mir, dass ihm die Handys, abends bei einer Disko geklaut wurden. Die Handys, im Wert von etwa 10 000 DM waren nicht versichert. Ich wusste nicht, wie ich diesen Schaden ausgleichen sollte. Da stand plötzlich Melanie vor der Tür. Wie immer machte sie den Eindruck, dass sie nicht viel Zeit habe. Sie fragte mich, ob ich auch neuwertige Handys aufkaufe. Ich bejahte sofort, weil dass jetzt meine einzige Chance war, von meinen Schulden herunterzukommen. Sie legte mir fünf Handys auf den Tisch. Als ich die
Nummern ansah, stellte sich heraus, dass es einige von den in der Disko angeblich gestohlenen Handys waren. Sie beschrieb mir den Verkäufer. Es war Karsten. Ich fuhr zu ihm nach Hause und holte mir die anderen Geräte ab. Ich feuerte ihn fristlos und wechselte die Schlösser in meinem Mobilfunkladen aus. Es dauerte

nicht lange, da bekam ich Post vom Arbeitsgericht. Karsten bekam auch staatliche Förderung ausgezahlt. Sein Gehalt hatte ich immer in bar ausgezahlt. Nur quittieren ließ ich es nicht von ihm. Wir waren ja Freunde. Ich wurde vom Arbeitsamt verurteilt, musste 6000 DM zurückzahlen. Es war also Zufall, so glaubte ich, dass ausgerechnet Melanie zu diesen Handys kam.

Harlekin

Die Einkünfte von meinem Mobilfunkladen und meinen drei Zimmern, in denen ich acht „Hennen", so nannten, wir die Frauen, die der Prostitution nachgingen, beschäftigte, stiegen an. Ich wollte mir meinen Traum von einem Tanzlokal erfüllen. Kurz entschlossen investierte ich mein gesamtes Geld in den Umbau des „Harlekin" in Leipzig Lausen. Damit verbunden musste ich noch eine IHK-Schulung zum Führen eines Lokals absolvieren.

Die Eröffnung im Februar 1997 hatte ich mir allerdings anders vorgestellt. Am Vorabend stellte ich fest, dass die Beleuchtung für den karibischem Flair noch nicht meinen Wünschen entsprach. Die Zeit drängte, also nahm ich die Sache selbst in die Hand. Ich stieg also auf eine 2,50 Meter hohe Klappleiter, die leider just in dem Moment in sich zusammenrutschte, als ich oben angekommen war. Es gab einen Knall und plötzlich war mein Fuß in einem unnatürlichen Winkel eingeklemmt. Er schwoll an und färbte sich gleichzeitig blau. Glücklicherweise war mein Onkel Frank zur Stelle und brachte mich kurzerhand ins Krankenhaus. Zu diesem Zeitpunkt hatte mein Fuß schon das Doppelte seiner normalen Größe angenommen. Es gab nur ein Problem dabei. Inmitten vieler Rechnungen vom Mobilfunkladen, Sexshop und „Harlekin" war auch eine von der Krankenversicherung gewesen. Ich wurde zwar behandelt, aber die Reha musste ich selbst zahlen, 120 DM pro Tag. Seitdem sortiere ich immer Rechnungen nach Wichtigkeit. Die Krankenversicherung kommt immer obenauf. Die Zeit im
„Harlekin" gehört mit zu den schönsten Erlebnissen. Hier kam auch Melanie öfters vorbei. Das geschah spontan und ich konnte nie mit ihr einen Termin ausmachen. Ihr

Spruch war: „Wenn ich da bin, bin ich da." Und wenn sie da war, wollte sie auch sofort mit mir „in die Kiste". Ich weiß nicht, ob sie da einen biologischen Notstand hatte oder es ihr nur gefiel, mit einem verheirateten Mann zu schlafen. Nach einem Jahr schloss das Ordnungsamt mein „Harlekin". Eine Truppe von Jugendlichen suchte an jedem Wochenende Streit, um sich zu prügeln. Als die Polizei an diesen Wochenenden bei mir immer ausgelastet war, kam das entsprechende Schreiben.

Mein Wochenendgrundstück,
dass ein Wassergrundstück wurde.

Vielleicht war es auch ganz gut so, dass ich kein „Harlekin" mehr hatte. Zu dieser Zeit hatte ich mich überreden lassen, ein Grundstück in Seydewitz bei Belgern zu kaufen. Ich zahlte dafür viel zu viel, 40 000 DM! Dafür nannte ich 2.500 Quadratmeter mit viel Gestrüpp und einem alten Gemäuer mein Eigentum. Ich wollte ein Wochenendgrundstück darauf bauen. Jürgen, ein Freund aus Gotha, vermittelte mir zwei Ukrainer. Sie wohnten auf dem Grundstück und ich verpflegte sie täglich, indem ich früh und abends, jeweils 60 Kilometer zu ihnen fuhr. Sie waren sehr fleißig, doch in der dritten Woche gab es ein Problem. Ich beauftragte sie, aus dem Baumarkt 100 kleine Nadelbäume zu kaufen. Die Bäume waren da, aber die Dorfbewohner grüßten mich nicht mehr. Die Bäume waren aus dem benachbarten Wald geholt worden. Ich schickte die Ukrainer wieder nach Gotha zurück und die Lage um mein Grundstück entspannte sich wieder.

Wer schon einmal gebaut hat, der weiß, was das für Nervenarbeit kostet. Als das Gelände für den Bau begradigt war, die Bodenplatte gesetzt und das Baumaterial zusammen war, kam Hochwasser. Über Nacht hatte ich ein Wassergrundstück. Mein Geld war alle und damit auch mein Mut.

Wieder im „Rotlicht" präsent

In der Rotlichtszene muss man immer präsent sein. Während meiner Bauzeit war das Gerücht entstanden, dass ich „ausgestiegen" sei und man bemühte sich um meine Zimmer. Der Besitzer vom Starclub in der Hermann-Liebmann-Straße war dabei am eifrigsten, obwohl ich ihm schon mehrmals mit meinen Leuten als Türsteher half. Immer öfters dealte er mit Kokain und Mädels aus Tschechien, die ohne Kondome arbeiteten. Nach einigen Ermahnungen meinerseits zog ich meine Leute zurück und sagte ihm, dass ich auch dafür sorgen werde, dass er keinen Schutz mehr von einer Security Gruppe bekommen würde. Er reagierte mit der Verbreitung von Lügen, unter anderen, dass ich deutsche Mädchen an Kanaken, das heißt, an ausländische Zuhälter, verkaufen würde. Einer von den Rotlichtgrößen schien das zu glauben und wollte mich sprechen. Nichts Böses ahnend, machte ich mich ohne Bodyguard auf den Weg zum Treffpunkt in die Eisenbahnstraße. Ein schlimmer Fehler, wie ich schnell feststellte. Plötzlich stand der Boss der Luderbuden, wie wir die Freudenhäuser nannten, vor mir. Neben ihm sein Stellvertreter von der Gothaer Straße. Dieser Zweimetermann verpasste mir eine Schelle, dass ich dachte, mir fliegt der Kopf von der Schulter. Ich wusste, dass Blessuren zum Geschäft gehören, und reagierte, trotz hell tönenden Pfeifton in meinem linken Ohr gelassen. Ich sagte dem Boss, dass wir uns später noch einmal in Ruhe darüber unterhalten sollten. Er war Koleriker, wie die meisten
Chefs in der Szene und brauchte einige Stunden zum nachdenken.

Wir trafen wir uns noch in derselben Nacht und er war

auf einmal die Freundlichkeit selber. Er entschuldigte sich: „Ich habe etwas überreagiert, hast jetzt eine Schelle gut". Im Gegensatz zu mir lachte er über seinen Witz und gestand, dass er nicht die ganze Wahrheit kannte. „Ich habe mich noch einmal genauer erkundigt. Der Starclub gehört dir". Mit diesem letzten Satz war dessen Chef, der Lügen über mich verbreitet hatte, von ihm vogelfrei erklärt worden.

Bevor es sich der Boss wieder anders überlegte, fuhr ich sofort mit meinen Leuten zum Starclub. Wir klingelten an der Tür des Diskotheken-Chefs und seine zwei Bodyguards kamen uns entgegen. Es ging alles sehr schnell. Meine Leute überwältigten die beiden und drangen in das Büro vor. Dort schaute ich zu, wie meine Männer das Möbelinventar mit der gesamten Technik zerlegten. Als der Starclub-Chef seine kitschige Schreibtischvase retten wollte, lief er zwischen die Fäuste von Micha. Er legte ihn auf die Couch und gab ihm ein Taschentuch gegen Nasenbluten. In dem Glauben, dass damit die Fronten geklärt wären, verliesen wir den Club. Doch ich irrte mich.

Es geschah noch am gleichen Tag, mitten im Berufsverkehr, mitten auf der Brandenburger Brücke in Leipzig.

Ein weißer Golf III raste auf meinen Mercedes zu und stellte sich quer. Zwei wuchtig aussehende Männer, die aus einem Mafia-Film stammen konnten, stiegen aus und richteten ihre Pistolen auf mich. Mir war klar, dass die Frontscheibe mich nicht schützen konnte. Ich wagte auch nicht meine Magnum zu ziehen, die unter meinem Sitz in der Plastiktüte lag. Automatisch legte ich meine Hände auf das Armaturenbrett und hoffte, dass sie mich nur aus dem Auto holen würden. Plötzlich steckten sie ihre Waffen wieder in die Jacken, sprangen ins Auto und jagten durch den Stau davon.

Dass sie mich nicht nur erschrecken wollten, wurde mir klar, als hinter mir ein Blaulichtwagen scharf bremste.

Und wieder wurden Pistolen auf mich gerichtet. Doch diesmal war ich erleichtert, weil es die Waffen von Bullen waren. Diese Erleichterung hielt nicht lange an. Es klickten Handschellen bei mir und eine Stunde später begann die Verhörprozession. Meine Waffe im Auto konnte ich als Mitglied im Schützenverein erklären. Das ich mir nicht erklären konnte, was die Golfbesatzung von mir wollte, nahm man mir nicht ab. Schließlich, nach zwei Stunden, musste man mich aus Mangels an Beweisen entlassen. Zum Glück schaute an diesem Tag meine Frau kein Leipzig-Fernsehen. Ob Zufall oder nicht. Irgendeiner hatte das Geschehen auf der Brandenburger Brücke gefilmt und wollte sich mit einer spektakulären Verfolgungsjagd etwas dazu verdienen.

Im Nachhinein ist es auch denkbar, dass der Starclub-Besitzer diese Sache mit der Polizei arrangiert hat. Er könnte ihnen einen „großen Fisch" versprochen haben, den man für paar Jahre wegsperren kann. Allerdings müssten dafür handfeste Beweise her. Im Schützenverein sagte mal ein Polizist, „Es ist besser, wenn die Einheimischen die „Rotlichtszene" führen. Da weiß man bei Problemen an wem man sich wenden kann. Wenn wir einen Einheimischen einsperren, laufen wir Gefahr, dass seine Stelle von einem Osteuropäer eingenommen wird. Da haben wir nichts mehr unter Kontrolle."
Ich weiß nicht, ob das eine Einzelmeinung war oder viele

Polizisten so denken. Ich wurde jedenfalls nach dem Verhör entlassen, was den Starclub-Besitzer sehr enttäuscht haben musste. Diese Enttäuschung hat wahrscheinlich dazu geführt, dass ich am nächsten Tag in meinem Wurzener Mobilfunkladen Besuch bekam. Er kam in Begleitung von zwei Rumänen, die für ihre Brutalität bekannt waren. Sie hatten vor, jetzt meinen Laden klein zu hauen. Für mich gab es nur eine Chance. Ich musste meine Beziehungen spielen lassen. Scheinbar gelassen hielt ich mein Handy hoch und nannte einen Namen. Dazu sagte ich: „Wenn ihr euch nicht sofort umdreht und geht, drücke ich auf diese Taste und sage ihm, was hier geschieht. Ihr wisst, dass ihr dann nicht mehr in Leipzig ankommen werdet. Auf der B6 sind schon viele, aus unerklärlichen Gründen, von der Fahrbahn abgekommen."

Meine beabsichtigte Wirkung trat ein. Sie gingen.

Trotzdem zeigte mich der Starclub-Besitzer wegen Körperverletzung an.

23 Uhr

In Wurzen

Hier in Wurzen sollte ich, so sagte mir Micha, in Sicherheit sein. Doch wie lange? Irgendwann würden sie mich auch hier finden. Das kann lange dauern, aber auch sehr schnell gehen. Ich werde mich nicht immer verstecken können. 10 000 Mark Kopfgeld ist viel Geld. Da findet sich immer jemand der den Job erledigt.

Bisher löste ich Probleme mit Herangehen, dass Klären vor Ort, mit den beteiligten Personen. Doch hier war es anders. Der Stuttgarter wollte mit mir nichts klären. Er wollte Tatsachen schaffen und das ohne mich. Ohne mich konnte er neue Strukturen aufbauen mit neuen Leuten aus der Drogen- und Stricherszene. Für ihn gab es nur eine logische Konsequenz, ich muss weg, für immer.

23.55 Uhr

Melanie

Das Handy klingelt. Ich war mir sicher, dass es nur Micha sein konnte, und meldete mich nur mit: „Ja?".

Doch es war Melanie. Für Sekunden war ich geschockt. Meine Handynummer kannte nur Micha. „Du darfst nicht in deinen Laden gehen. Micha wartet dort auf dich. Fahr schnell zurück nach Leipzig." Bevor ich fragen konnte, hatte sie aufgelegt.

Verwirrt blieb ich wenige Meter vor dem Hintereingang meines Mobilfunkgeschäftes stehen. Ich fragte mich, warum sollte Micha hier warten? Er hätte es mir doch gesagt. Ich konnte Micha immer vertrauen. Er hatte das sprichwörtliche „Bauchgefühl".

Vor einem Monat hatte er mich vor Maik gewarnt. Maik wollte mit mir im Harz eine Kampfsportschule eröffnen. Dort, in der Nähe vom Brocken, sollten alle Bodyguards aus- und weitergebildet werden. Er wollte von mir mindestens 5000 Mark Startkapital. Dafür sollte ich Prozentual am Gewinn beteiligt sein. Micha sagte damals „Diese Aktie kannst du vom Wind auf dem Brocken verwehen lassen." Ich glaubte ihm nicht und ließ mich von Maik in einem im Harz befindlichen Sport-Hotel mit Drinks an der Hotelbar „einwickeln". Eine Woche später, nachdem ich ihm 5000 Mark gegeben hatte, stellte sich heraus, dass er beim BKA kein unbeschriebenes Blatt war. Er sollte außerdem noch 500000 Mark Steuerschulden haben. Ich konnte ihm diesen Betrug nicht verzeihen. Natürlich war es mir auch
gegenüber Micha unangenehm. Doch er grinste mich nicht mit der Mimik: Ich habe es doch gewusst, an. Er ging zu Maiks VW T4 Caravan und öffnete das Auto mit seinem Profischlüsseln aus der Schweiz. Dann schloss

er die Zündung kurz und lies den Motor an. Er winkte mich zum Einsteigen heran. Kaum war ich eingestiegen, da kam Maik auf den Parkplatz gerannt. Micha fuhr los und rief ihm zu: „Den bekommst du gegen 5000 Mark zurück."

Doch wir hatten Maik unterschätzt. Als ich am nächsten Tag aus dem Fenster schaute, war der Caravan weg.

Ich rief Maik an und sagte ihm, dass ich mir noch heute mit meinen Leuten die 5000 Mark abhole. Mit Micha und zwei Türstehern von meinem Lokal fuhren wir in den Harz. Als wir auf das Hotelgelände fuhren, schaute sich Micha nervös um. Als ich ihn nach seiner Nervosität fragte, sagte er mir: „Das hier gefällt mir nicht, ist alles so seltsam ruhig. Er sollte wieder recht behalten.

Wir gingen zur Rezeption, um die Zimmernummer von Maik zu erfahren.

Als die Frau uns seine Zimmernummer sagte, war es das Signal für die scheinbar gelangweilt aussehenden Hotelgäste. Auf einmal hörten wir Geräusche von durchladenden Waffen. Als wir uns umschauten, waren wir von einem Einsatzkommando des BKA umringt und blickten auf die Mündungen von Maschinenpistolen. Wir mussten uns auf den Boden legen und die Hände über den Kopf verschränken.

Beim Verhör erfuhren wir, was geschehen war. Maik hatte, nachdem ich ihm mitgeteilt hatte, dass ich mein Geld abholen werde, der Polizei mitgeteilt, dass heute ein bewaffneter Raubüberfall auf ihn geplant ist.

Ich konnte die Polizei von meiner Version überzeugen. Man lies uns frei, mit der Bemerkung, dass wir mit einer Anzeige wegen Nötigung rechnen könnten. Doch diese

Anzeige kam nie.

Wenn es jetzt nicht um mein Leben gehen würde, dann hätte ich den Anruf von Melanie als Scherz gewertet. Solange ich darüber nachdachte, ich konnte mir ihren Anruf nicht erklären und schon gar nicht ihre Warnung vor Micha.

Mit einem komischen Gefühl ging ich ins Haus und öffnete die Hintertür von meinem Mobilfunkladen.

Kathrin, die für mich arbeitende Verkäuferin war schon vor Stunden nach Hause gegangen. Ich kontrollierte wie immer die Glasvitrinen mit den teuren Handys. Alles war in Ordnung und für den kommenden Montag vorbereitet. Ich freute mich über ihre Zuverlässigkeit. Trotz technischer Schwächen schloss Kathrin viele Handyverträge ab. Mit dem weiblichen Charm einer ende Zwanzigerin brachte sie den Kunden genau das herüber, was sie wissen mussten. Wenn die Kunden zu technisch wurden, fragte sie meistens: Wenn Sie ins Auto steigen, wollen Sie doch auch nicht wissen, wie ein Viertaktmotor funktioniert? Für Micha war sie deshalb nur die „Autoverkäuferin". Er mochte Kathrin nicht. Und sie mochte ihn nicht. Das war unverkennbar und das hatte nicht nur seine Ursache darin, dass Micha einen großen Hund, einen American Stafford besaß, den er manchmal über Nacht im Geschäft lies. Das brachte zwar Sicherheit, aber brachte auch Hundespuren, wie Haare und Geruch, den Kathrin nicht ausstehen konnte.

Glaubte ich Micha, dann war ich jetzt hier am sichersten. Andererseits gab es die Anonymität der Großstadt, die auch Sicherheit brachte, ähnlich eines Vogelschwarmes, wo dem Falken die Masse irritierte und er nur einen, aus dem Schwarm entfernenden Vogel schlagen konnte. Nahm man diesen Vergleich, wohl wissend, dass Vergleiche hinken, dann war er hier, im Gegensatz zu Leipzig, gefährdeter. Doch glaubte man Micha, dann war es umgekehrt. Und ich glaubte Micha.

Ich schaltete das Licht im Korridor an und ging in die Küche, die sich in Hochparterre neben dem Verkaufsladen befand. Als ich dort das Licht anschalten wollte, sagte mir jemand: „Lass das Licht aus." Der das sagte, war Micha. Mit „Setz dich, wir müssen was klären", kommandierte er mich auf die ihm gegenüber befindliche Holzbank. Langsam gewöhnten sich meine Augen an das Dunkel und ich konnte Micha deutlich erkennen. Seine Tonlage und seine lauernde, nach vorn gebeugte Körperhaltung kam mir jetzt unheimlich vor.

Um meine Aufregung zu verbergen, versuchte ich so gelassen wie möglich zu fragen: „Leg, los. Was gibt's Neues?"

Micha zündete sich eine Zigarette an, stieß den Rauch an die im dunklen befindliche Decke und schwieg.

Als ich nach etwa einer Minute, die mir wie zehn Minuten vorkamen, meine Frage wiederholen wollte, sagte er gelassen: „Ich arbeite jetzt für den Stuttgarter."

„Seit wann?"

„Ab heute."

In mir mischte sich Enttäuschung mit Wut.

„Wie bezahlt er dich denn für diesen Verrat?"

„Mehr wie Du und außerdem bekomme ich von ihm das Kopfgeld."

„Zehntausend Mark?" fragte ich so gelassen, wie möglich.

„Die Anzahlung habe ich schon erhalten."

Gleichgültig, als würde es hier um den Wechsel eines Autos gehen, nahm er meine Magnum aus der Papiertüte, die ich im Auto hatte.

Seltsamerweise war ich ganz ruhig und fragte ihn: „Glaubst du ernstlich, dass dich die Polizei nicht findet?"

„Mein Alibi ist perfekt. In einer halben Stunde beginnt eine Krisensitzung in der Diskothek Brandis. Alle Rotlichtchefs und Leiter der Security-Gruppen werden anwesend sein. Wir rechnen mit siebzig Leuten. Mein neuer Chef wird ihnen mitteilen, dass du dich aus dem Staub gemacht hast und mir die Leitung der Luderbuden übertragen hast. Auf die Frage, warum du dich davon gemacht hast, werde ich antworten, dass dich die Polizei wegen Drogenhandel sucht. Übrigens wird das auch mein Alibi sein. Dich wird die Verkäuferin erst am Montag finden, mit dieser Waffe, deiner Pistole. Die Polizei wird schnell Selbsttötung feststellen. Du weißt ja, die Bullen wollen beim Rotlicht in kein Wespennest stechen."

Erst jetzt sah ich, dass Micha dünne Handschuhe trug. Er hatte alles bedacht. Verbittert stellte ich wieder fest, dass er ein richtiger Profi ist.

Mehrmals hatte ich schon über die Frage nachgedacht, wie ich sterben würde. Die Spanne lag zwischen dem simplen morgens im Bett liegen und abenteuerlichen Kugelhagel mit der Polizei sterben. Doch die Variante, von einem langjährigen Freund erschossen zu werden, war nie von mir bedacht worden. Mir war klar, dass ich keine Chance mehr hatte. Micha lies sich nicht überreden. Ich konnte mein Leben nur noch um Minuten, durch ein Gespräch mit ihm verlängern. Micha schaute auf die Uhr und schien sich auszurechnen, wann er in Leipzig sein würde, um sein Alibi

Abzusichern. Langsam entsicherte er meine Magnum.

Erstaunlicherweise blieb ich ganz ruhig, als er sagte: „Ich muss jetzt zurück. Man wartet auf mich."

Mitten in diesen Satz, den ich als letzten hören sollte, krachte es an der Ladentür. Glas splitterte, eine Blendgranate explodierte und laute Rufe: „Polizei, auf den Boden legen, Hände über den Kopf!" drangen zu uns.

Mit einem Ruck stieß ich den Tisch um und warf mich auf den Boden. Von dort kroch ich in den Korridor zur Toilette.

In der Toilette war ein Fenster, das zum Hinterhof führte. Zu meinem Erstaunen war dort keine Polizei. Ich sprang in den Hof und rannte in den nächsten Eingang.

Von dort gelangte ich auf die andere Straßenseite, wo sich ein Abrisshaus befand. Alle Türen und Fenster waren mit Holzbrettern vernagelt, außer den Kellerfenstern. In der Regel hat man Nachteile, wenn man klein ist. Doch diesmal war es ein Vorteil. Ich schob mich durch die Kelleröffnung und rutschte über eine Schräge, über die früher einmal Kohlen eingeschüttet wurden, in einen dunklen, muffig riechenden Raum.

Nachdem sich meine Augen an die Dunkelheit gewöhnt hatten und ich Umrisse erkennen konnte, tastete ich mich langsam in die oberste Etage des Hauses.

Von dort schaute ich durch einen Spalt auf mein Ladengeschäft. Drei Polizeiwagen standen davor und jede menge Polizisten mit Schutzausrüstung. Es war das zweite Mal, dass ich den Bullen mein Leben verdanke.

Aus dem Geschäft kamen zwei Polizisten. Sie führten

Micha ab. An der Seite stand eine Frau, die den Polizisten Anweisungen gab. Ich kannte sie. Melanie.

Bevor sie in den hintersten Polizeiwagen stieg, sah sie sich noch einmal um. Für einen kurzen Augenblick sah sie auf das Haus, in dem ich mich befand. Ich hatte das Gefühl, das sie genau auf das vernagelte Fenster schaute, hinter dem ich mich befand.